UMA HISTÓRIA DE AMOR SEM ROTEIRO
PRAZER, NEGRESCO

Editora Appris Ltda.
1.ª Edição - Copyright© 2022 da autora
Direitos de Edição Reservados à Editora Appris Ltda.

Nenhuma parte desta obra poderá ser utilizada indevidamente, sem estar de acordo com a Lei nº 9.610/98. Se incorreções forem encontradas, serão de exclusiva responsabilidade de seus organizadores. Foi realizado o Depósito Legal na Fundação Biblioteca Nacional, de acordo com as Leis nºs 10.994, de 14/12/2004, e 12.192, de 14/01/2010.

Catalogação na Fonte
Elaborado por: Josefina A. S. Guedes
Bibliotecária CRB 9/870

P667h 2022	Pires, Fabiana Lasta Beck
	    Uma história de amor sem roteiro: prazer, Negresco /
	Fabiana Lasta Beck Pires. - 1. ed. - Curitiba: Appris, 2022.
	    40 p. : il. color ; 21 cm.
	
	    ISBN 978-65-250-2447-9
	
	    1. Ficção infantojuvenil. 2. Proteção animal. 3. Infância. 4. Educação.
	I. Título.
	
	    CDD – 028.5

Editora e Livraria Appris Ltda.
Av. Manoel Ribas, 2265 – Mercês
Curitiba/PR – CEP: 80810-002
Tel. (41) 3156 - 4731
www.editoraappris.com.br

Printed in Brazil
Impresso no Brasil

Fabiana Lasta Beck Pires

UMA HISTÓRIA DE AMOR SEM ROTEIRO
PRAZER, NEGRESCO

FICHA TÉCNICA

EDITORIAL	Augusto V. de A. Coelho
	Marli Caetano
	Sara C. de Andrade Coelho
COMITÊ EDITORIAL	Andréa Barbosa Gouveia (UFPR)
	Jacques de Lima Ferreira (UP)
	Marilda Aparecida Behrens (PUCPR)
	Ana El Achkar (UNIVERSO/RJ)
	Conrado Moreira Mendes (PUC-MG)
	Eliete Correia dos Santos (UEPB)
	Fabiano Santos (UERJ/IESP)
	Francinete Fernandes de Sousa (UEPB)
	Francisco Carlos Duarte (PUCPR)
	Francisco de Assis (Fiam-Faam, SP, Brasil)
	Juliana Reichert Assunção Tonelli (UEL)
	Maria Aparecida Barbosa (USP)
	Maria Helena Zamora (PUC-Rio)
	Maria Margarida de Andrade (Umack)
	Roque Ismael da Costa Güllich (UFFS)
	Toni Reis (UFPR)
	Valdomiro de Oliveira (UFPR)
	Valério Brusamolin (IFPR)
ASSESSORIA EDITORIAL	Renata Cristina Lopes Miccelli
REVISÃO	Renata Cristina Lopes Miccelli
	Mônica de Souza Trevisan
PRODUÇÃO EDITORIAL	Raquel Fuchs
DIAGRAMAÇÃO	Bruno Ferreira Nascimento
CAPA	Sheila Alves
ILUSTRAÇÃO DA CAPA	Milena Celetti
ILUSTRAÇÕES	Escola José de Anchieta
COMUNICAÇÃO	Carlos Eduardo Pereira
	Karla Pipolo Olegário
LIVRARIAS E EVENTOS	Estevão Misael
GERÊNCIA DE FINANÇAS	Selma Maria Fernandes do Valle

APRESENTAÇÃO

Nossos livros reúnem histórias reais vividas no contexto de Panambi e celebram o encontro entre o Humano e o animal. Somente o Humano pode modificar a situação dos animais de rua, tirando-os da invisibilidade e conferindo-lhes uma nova chance.

Mais que retirá-los da rua, o foco do Projeto Educar para não abandonar, realizado em parceria com a Organização não Governamental (ONG) Amar, é prevenir as situações de abandono, e isso só pode ser feito com medidas educativas.

Foi justamente por isto que demos asas ao projeto de publicação de histórias de resgate vivenciadas pela ONG para podermos levá-las às escolas e plantar a semente do bem com as crianças, almejando um futuro mais digno para com os animais de rua. Esta edição possui um tom especial, pois foi contada na Escola Estadual de Ensino Médio José de Anchieta e ilustrada por estudantes de duas turmas do quarto ano em 2019.

A nossa luta é em prol de uma geração mais consciente e responsável, agindo para que muitos dos problemas hoje vividos possam ser evitados futuramente.

O caminho é a educação e a conscientização...

A AUTORA

Fabiana Lasta Beck Pires (Crissiumal, 12/11/1977) é pedagoga, docente da educação básica, técnica e Tecnológica do Instituto Federal Farroupilha, campus Panambi, e voluntária da causa animal. Reside em Panambi-RS e coordena o Projeto de Extensão "Educar para não abandonar", que tem como premissa a conscientização dos estudantes dos anos iniciais da educação básica acerca da proteção e respeito pela vida animal. Atua na Organização não Governamental (ONG) Amar, de Panambi-RS, resgatando e reabilitando animais de rua para que sejam reintegrados à sociedade por meio da adoção responsável. Essa experiência, aliada aos conhecimentos da Pedagogia, fez com que tivesse início a medida educativa e preventiva de situação de abandono e maus tratos, buscando amenizar o número de ocorrências desses episódios em um futuro próspero. Em 2019, intensificou as intervenções pedagógicas nas escolas, usando o instrumento mais poderoso para a transformação social: a educação.

NOTAS INICIAIS...

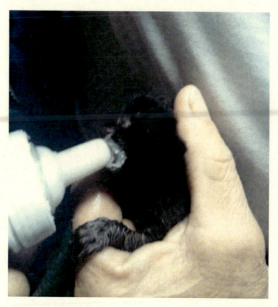

    Quem tem gato, de fato, sabe o jeito que um felino tem! Dono de si e não pertencente ao outro, pede e dá carinho quando quer!

    Mas não se enganem, minha gente! Um gato é muito companheiro, ardiloso e arteiro. Ao lado dele, nunca faltará animação e brincadeira, marcas de unha e pelinhos de amor espalhados por aí...

    Esta história de amor surge de um inusitado encontro tensionado por uma presença inesperada e pela chegada de um ser de luz batizado de Negresco...

MEAWNN! OLÁ, PESSOAL! TUDO LEGALZINHO COM VOCÊS? DIZEM QUE GATO SENDO GATO NUNCA POSSUI UMA HISTÓRIA CONVENCIONAL... PENSAVA QUE ISSO NÃO FOSSE VERDADE, MAS VOCÊS VERÃO QUE A TRAMA DA MINHA HISTÓRIA CONFIRMA ESSA TESE... TUDO ACONTECEU MUITO RÁPIDO NESTA MINHA CURTA E INICIANTE VIDA DE GATO. TENHO APENAS 10 DIAS DE VIDA E UMA HISTÓRIA LONGA, DESAFIADORA E BELA PARA LHES CONTAR. QUEREM OUVIR O MEU MIADO AFINADO?

(10) SE REPARAREM EM MINHA FOTO, VERÃO QUE SE TRATA DE UM PROJETO DE GATINHO QUE VOS FALA, PEQUENO EM TAMANHO, MAS GRANDE EM VALENTIA E VONTADE DE VIVER!

VIM AO MUNDO DE MANEIRA ABRUPTA, COM UMA MAMÃE FELINA A-P-A-V-O-R-A-D-A, SEM TER UM LUGAR PLANEJADO PARA TER A SUA CRIA DE MANEIRA CALMA E SEGURA. ELA PERAMBULAVA NUMA GÉLIDA NOITE DE INVERNO, TENTANDO ENCONTRAR UM NINHO PARA DEPOSITAR OS SEUS TESOUROS.

O RELÓGIO DA GESTAÇÃO JÁ BATIA DESCOMPASSADO E ACELERADO, "TIC-TAC, TIC-TAC", NÃO HAVENDO MAIS TEMPO A PERDER. ENTÃO, USANDO O SEU <u>INSTINTO</u> FELINO, ELA TEVE QUE, RAPIDAMENTE, FAZER UMA ESCOLHA, ADENTRANDO UM ESPAÇO DEMARCADAMENTE HUMANO.

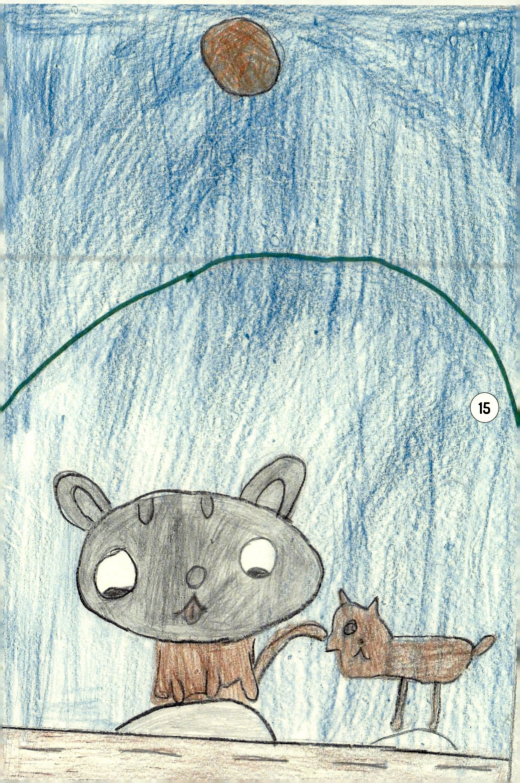

FOI ASSIM QUE EU NASCI, NA GARAGEM DE UMA HUMANA QUE ESTAVA COM A VISITA DE SUA FAMÍLIA. ELES ESCUTARAM UM BARULHO E VIERAM AO NOSSO ENCONTRO. EU JÁ HAVIA NASCIDO, E A MAMÃE SEGUIA EM SEU TRABALHO DE PARTO, MUITO ARISCA, POIS NÃO TEVE A CHANCE DE CONHECER O LADO BOM DE UM HUMANO.

MAMÃE NÃO QUIS ESTABELECER CONTATO ALGUM, SAINDO EM DISPARADA, POIS HAVIA SIDO FLAGRADA POR ELES. MAL SABIA ELA QUE ESSES HUMANOS ERAM DIFERENTES DOS DEMAIS QUE, A VIDA TODA, MALTRATARAM-NA OU DERAM-LHE UM CORRIDÃO QUANDO PEDIU UM PRATO DE COMIDA OU UM LUGAR QUENTINHO PARA FICAR... FELIZMENTE, NEM TODOS OS HUMANOS SÃO FEITOS DO MESMO RECHEIO. EM ALGUNS DELES, A EMPATIA E A COMPAIXÃO TRANSBORDAM, E MAMÃE, DESTA VEZ, REALMENTE HAVIA ACERTADO NO LUGAR EM QUE IMPLOROU POR AJUDA...

VIM AO MUNDO DESSA RÁPIDA E INESPERADA MANEIRA, FICANDO, ALI, IMÓVEL, POR SEGUNDOS, TENTANDO USAR O MEU FARO PARA LOCALIZAR A MAMÃE. TUDO O QUE EU QUERIA ERA ANINHAR-ME EM SEUS PELOS E FICAR ENROSCADINHO NELA, TAL QUAL ESTIVE EM SEU VENTRE DURANTE TODO O <u>PERÍODO GESTACIONAL</u>. MAS EU MIAVA, MIAVA, E NADA DELA CHEGAR.

PERCEBENDO A MINHA SITUAÇÃO SOLITÁRIA E TOTALMENTE VULNERÁVEL, OS HUMANOS VIERAM AO MEU SOCORRO PARA ME AJUDAR NA LUTA PELA VIDA, POIS, NAQUELE FRIO, SEM A MAMÃE, NÃO SOBREVIVERIA EM HIPÓTESE ALGUMA... NO LUGAR DO CALOR DA MAMÃE, SENTI O COLO DE UMA HUMANA QUE ME AJEITOU EM SEU CORPO, ME OFERECENDO AMOR E CALOR, PORÉM ME FALTAVA O ALIMENTO.

(24) VENDO A MINHA PEQUENEZ E FRAGILIDADE, IMEDIATAMENTE ME LEVARAM DE VOLTA À GARAGEM, NA ESPERANÇA DE QUE MINHA MAMÃE FELINA REGRESSASSE PARA ME BUSCAR, MAS ISSO INFELIZMENTE NÃO OCORREU...

FOI AÍ QUE ALGO INUSITADO ACONTECEU, E EU PUDE CONHECER O PODER DO AMOR DE UM SUPER PAPAI HUMANO! SIM, ISSO MESMO! DEUS, EM SUA INFINITA <u>BENEVOLÊNCIA</u>, ME OLHOU LÁ DE CIMA E DISSE:

— NÃO TE <u>AFLIJAS</u>, PEQUENINO! NO LUGAR DE TUA MAMÃE FELINA, TE MANDAREI UM SUBSTITUTO HUMANO, O QUAL CUMPRIRÁ COM O PAPEL DE TE CRIAR, DANDO-TE TODO O AMOR QUE NECESSITAS...

FOI DESSA MANEIRA QUE EU GANHEI MEU PAPAI CANGURU, QUE TEVE DE DESCOBRIR QUAL A MELHOR MAMADEIRA PARA EU TOMAR, QUAL O LEITINHO QUE ME SUSTENTARIA, NÃO PODENDO AUSENTAR-SE MUITO TEMPO DE MIM... PARA ONDE ELE IA, LEVAVA O SEU PACOTINHO DE PELOS COM ELE...

COMO TUDO SEMPRE TEM UM REVÉS, ACABARAM CONSEGUINDO UMA MAMÃE DE LEITE PARA MIM, MAS ELA TERIA QUE ME ACEITAR COMO NOVO MEMBRO DA FAMÍLIA. ENTÃO, LEVARAM-ME ATÉ ELA, E QUAL FOI A SURPRESA? SEM ESTRANHAMENTOS OU REJEIÇÕES, PASSEI A INTEGRAR UMA NOVA E GRANDE FAMÍLIA. ALÉM DE UMA MAMÃE ZELOSA CHAMADA MIMI, DE QUEBRA GANHEI MAIS CINCO MANINHOS FELINOS, JÁ BEM MAIORZINHOS QUE EU. JUNTOS, FORMAMOS UMA FAMÍLIA MULTICOLORIDA E FELIZ, A QUAL SE COMPLETA EM SUAS DIFERENÇAS E SEMELHANÇAS.

MINHA NOVA MAMÃE ME DÁ BANHOS DIÁRIOS E, ÀS VEZES, PREGA O MAIOR SUSTO EM SUA HUMANA, POIS ACABA ME LEVANDO PARA ESCONDERIJOS NEM TÃO SECRETOS ASSIM, NO INTUITO DE ME ESCONDER DE PERIGOS EMINENTES. NÃO SE ASSUSTEM, POR FAVOR! ESSE É UM TÍPICO COMPORTAMENTO FELINO PROTETOR!

FICA AQUI REGISTRADO O MEU AGRADECIMENTO AOS HUMANOS QUE SE EMPENHARAM PARA QUE A MINHA CHANCE DE SOBREVIVER SE AMPLIASSE. FINALMENTE, APÓS 10 DIAS DE VIDA, PUDE SENTIR O CALOR DE UMA MAMÃE DE MINHA ESPÉCIE E, NELA, SACIAR A MINHA FOME DE MANEIRA NATURAL E INSTINTIVA. TÃO LOGO ESTEJA DESMAMADO, PARTIREI AO ENCONTRO DO MEU PAPAI HUMANO, QUE ME ESPERA DE BRAÇOS ABERTOS PARA FAZER MORADA ETERNA EM SEU CORAÇÃO. GRATIDÃO A TODOS QUE MIAUJUDARAM E LUTARAM POR MINHA VIDA, COM VOTOS DE QUE NUNCA FALTEM RONRONS EM SEUS LARES... ESTE FOI APENAS O PRIMEIRO CAPÍTULO DE UMA HISTÓRIA QUE AINDA VAI DAR O QUE FALAR! AGUARDEM-ME!

GLOSSÁRIO

ABRUPTA: QUE SURGE DE FORMA INESPERADA, REPENTINA.

AFLIJAS: AFLIGIR, SE ANGUSTIAR, SE INCOMODAR.

BENEVOLÊNCIA: BONDADE, TRATAR BEM, CUIDAR E SER TOLERANTE.

EMPATIA: CAPACIDADE DE SE COLOCAR NO LUGAR DOS OUTROS E SER COMPREENSIVO.

INSTINTO: IMPULSO BUSCANDO A PRÓPRIA SOBREVIVÊNCIA.

GÉLIDA: MUITO FRIA, GELADA.

PERÍODO GESTACIONAL: PERÍODO DE GRAVIDEZ OU PRENHEZ ANTES DE OS FILHOTES NASCEREM. NO GATO, DURA EM MÉDIA DOIS MESES, DE 60 A 68 DIAS.

REVÉS: SITUAÇÃO CONTRÁRIA, AÇÃO DE SUBSTITUIR UMA COISA POR OUTRA.

ZELOSA: CUIDADOSA, ATENCIOSA, BONDOSA.